# 考拉的眼泪

[日] 今西乃子 著　　[日] 水野哲男 主编
[日] 佐藤有香 绘　　程俐 译

科学普及出版社
·北 京·

## 考拉搬来了

在南十字星星光闪耀着的海面上，有一片广阔的大陆。

我就住在这片大陆上的森林里。

我是一棵30米高的桉树，已经在这里生活了100多年。

那是一个温暖无风的夜晚。

我像往常一样，悠闲地眺望着广袤的森林。一只考拉在星光的照耀下从远处走来。

我们这片桉树林也被叫作“考拉林”，因为这里栖息着很多考拉。

我亲眼看见过无数只考拉搬家了。

考拉住在我们桉树上，把我们桉树的叶子当作食物。

桉树就是考拉的家。

桉树叶就是考拉的“粮食”。

这棵桉树上可以食用的叶子少了，考拉们就会搬到另一棵枝繁叶茂的桉树上。

今夜宁静祥和，没有一丝风，桉树叶也没有发出沙沙的响声。

我决定静静守护这只正在搬家的考拉。

它借着星光，径直朝我走来。

要小心呀！

因为我脚下有一条人类修建的公路。

很久以前，我们桉树林曾是一片广袤而完整的森林。

在这片森林里生活着无数只考拉和其他动物。

不知从什么时候开始，人类来到了这片动物居住的森林。

人类很喜欢这里。他们开始砍伐林中的树木，在附近建造房屋。

后来，人类开始在森林中生活，他们为了获得食物开始伐林造田。

为了方便在森林中自由穿行，人类在林中修建了一条公路。

我们桉树被不断砍伐，人类修建的公路和铁路将广阔的森林一分为二、一分为三，不久又分割成了更多块。

自那以后，对考拉来说，搬家变得极其危险。

有的考拉在搬家途中被公路上的汽车轧死了；

有的考拉在搬家途中被人类院子里养的狗咬死了；

还有的考拉在搬家途中掉进人类挖的泳池里淹死了。

这些情景，都历历在目。

我身处的位置与百年前的并无二致，但我眼前的这片森林却在一百年间变得面目全非。

桉树林的面积越来越小，桉树林中的动物数量也越来越少。

桉树林消失了，考拉就失去了家园。

桉树林消失了，考拉就没有了食物。

咦?

没过多久，那只正在搬家的考拉已经平安地穿过马路，来到我的跟前。

它好像决定要搬到我这里居住。

“欢迎欢迎！以后你就住在我这里了吧？”

我的话音刚落，它就从地面一跃而起，用尖尖的爪子抓住我的树干，开始“噌噌噌”地往上爬。

“你好！我快要当妈妈了！我想在你这里养育我的小宝宝，可以吗？”

“当然可以！我这里已经好久没有考拉居住了，新长出来的桉树叶子多得吃不完。你就安心在这里抚养孩子吧。”

听我说完，考拉放心地爬到我的树顶，吃起了叶子。

考拉喜欢吃新长出来的桉树叶。

它们每天要吃掉 200 ~ 500 克叶子。除了吃，其他大部分时间，它们都倚在粗壮的树干上呼呼大睡。

## 小考拉出生啦！

在一个月圆之夜，皎洁的月光洒满了大地。考拉妈妈诞下了一只很小很小的考拉宝宝。

考拉一年只生一胎，一胎一般只有一个宝宝。

刚出生的小考拉仅有两厘米长，六克重。它看不见也听不见，全身无毛，就像一颗粉嘟嘟的软糖。

我给它取名为“帕玛”。

刚出生的小帕玛循着妈妈的气味，凭着触觉，慢慢地爬进妈妈的育儿袋。

它找到育儿袋中的乳头，吮吸着妈妈的乳汁。

之后的一段日子里，帕玛会一直待在妈妈的育儿袋里。

育儿袋里既柔软又温暖。

这下，我悬着的心总算可以放下了。

还得再过上一阵子，帕玛才能从育儿袋里探出脑袋。

我期待着那一刻的到来，决定默默地守护它们母子。

温暖的季节悄然而至。

考拉妈妈似乎对我这棵桉树很是满意。

它在我身上最粗的一根树枝上，悠闲地养育孩子。

一直待在育儿袋里的帕玛，终于从里面探出了小脑袋。

它是一只活泼的雄性考拉，一双大眼睛炯炯有神，全身毛茸茸的。

帕玛眺望着这片从未见过的森林，好奇地东张西望。

“我是一棵一百多岁的桉树。这里就是你的家，我会为你提供食物的。”

听我说完，帕玛望着绿荫如盖的树冠笑了。

不过，帕玛还要过一阵子才能食用我的叶子。

我的树叶里含有毒素，小帕玛还不能吃。

接下来的一段时间，小帕玛会喝着妈妈的奶，吃着“流食”长大。

所谓流食，就是一种从考拉妈妈的盲肠中排出来的特殊物质。

流食中含有大量有助于分解桉树叶毒素的菌群，吃了流食的考拉宝宝就会获得这种菌群。

当小考拉体内积累了足够多的有益菌时，它就可以吃桉树叶了！

我们桉树的叶子有毒，其他动物都无法食用。

所以，考拉不会和其他动物因争抢食物而发生冲突。

对于考拉而言，我们桉树是必不可少的。

几百年来，我们都是这样和考拉生活在一起，小心翼翼地守护着它们。

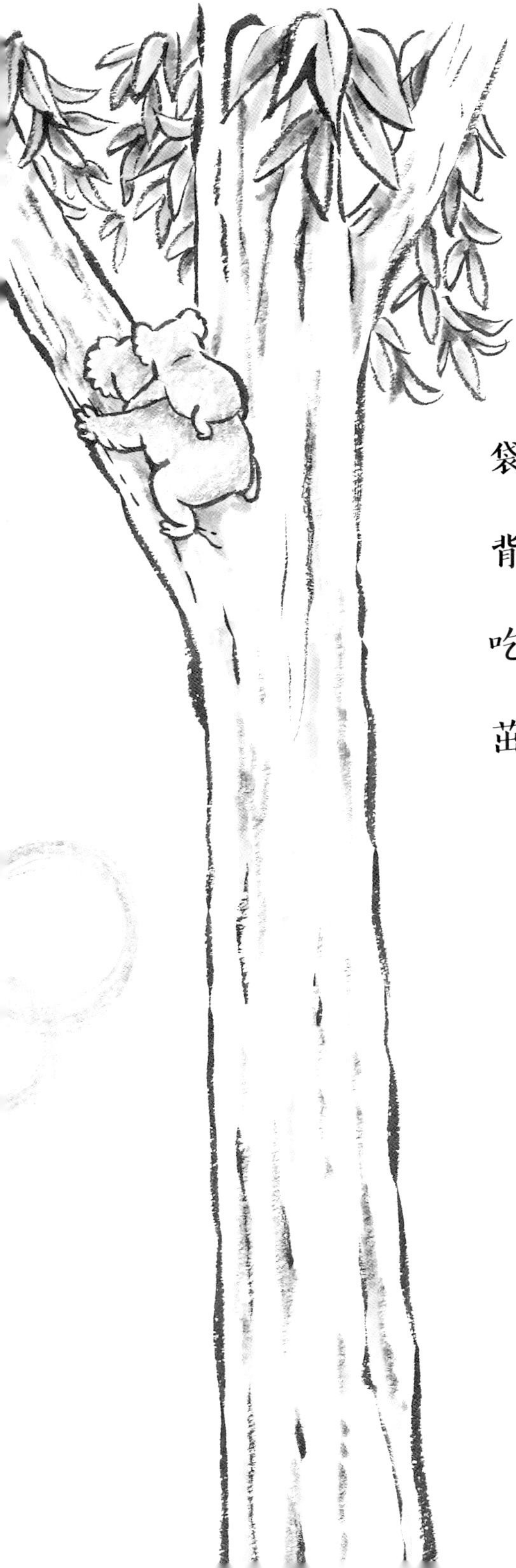

等到帕玛从育儿袋里出来，爬到妈妈背上的时候，它就能吃很多很多桉树叶子，茁壮成长了。

## 人类和地球

帕玛渐渐长大，妈妈的育儿袋已经装不下它了。于是，帕玛离开了育儿袋，但仍然整日紧紧地依附在妈妈背上。

看着帕玛健康茁壮地成长，我很开心。

但是，生活中不只有欢乐。

在附近的公路上，时有考拉因遭遇交通事故而惨死的情况发生。

幼小的帕玛能避开人类制造的不幸，健康幸福地生活下去吗？

人类不仅破坏我们桉树林，还把自己居住的地球折腾得千疮百孔。

人类挑起的战争对地球造成了巨大的破坏，人类制造的大量垃圾和废气不断地污染地球，让地球生了病。

身患重疾的地球已经无法依靠自身力量去修复大地、森林和海洋了。

地球已不再是那个温柔呵护着我们的家园了。

它有时狂风肆虐，连日暴雨如注；而有时又接连数月滴雨未下，大地逐渐变得干旱。

一旦大地干旱，我们桉树就会枯死。

树木枯死，森林就会消失；森林消失，考拉和其他动物就无法生存。

在森林和动物都无法生存的地球上，难道只有人类可以幸免吗？

有时，我会对着夜空中闪烁的南十字星说话。

你那边的星球是什么样子的呢？

星球上的森林和动物都过得幸福吗？

你的星光如此美丽，星球上的森林和动物一定都很幸福吧。

拥有如此璀璨的光芒，你那里应该没有污染森林和大海的人类居住吧。

南十字星啊，从你那里看到的地球，是闪闪发光的吗？

无论我怎么问，南十字星都缄口不言，只是默默地在南方的天空中闪烁着星光。

# 森林大火

阳光灿烂的季节悄然而至。

那天，在我身上最粗壮的一根树枝上，帕玛趴在妈妈背后，迷迷糊糊地睡着了。

桉树林已经很久没有下雨了，空气前所未有地干燥。

考拉靠吃桉树叶摄取水分，若是很久都不下雨，土地就会干旱，树叶就会干枯，帕玛母子也会严重缺水。

我朝着南十字星祈祷：

“老天，快下点雨吧。”

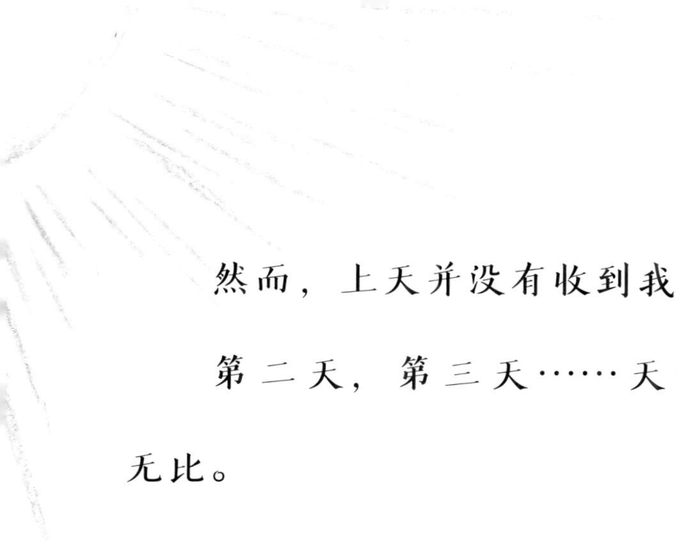

然而，上天并没有收到我的祈祷。

第二天，第三天……天气依然干燥无比。

一天，赤日炎炎，炙烤着大地。

远处的森林突然燃起了大火。

在这片干燥的大陆上，森林大火频发。

我们桉树的树叶富含油脂，非常容易燃烧。

但是，我们一般不会被火烧死。

因为树干一旦着火，树干上的树皮就会随着火焰一同掉落到地面上，火也随之熄灭了。

所以，树芯会幸存下来，不会被烧毁，一段时间后，还能重新长出茂密的树叶。

我在很远的地方就望见了熊熊燃烧的红色火焰。

这是一场从未有过的特大火灾。

火势蔓延的速度好惊人啊！

为了躲避大火，很多动物都朝我这边跑来。

转眼间，火焰以迅雷之势席卷整个森林。

林中传来了各种惨叫悲鸣，鸟儿们扑腾着翅膀，动物们哀号着从我身边跑过。

“快！快离开这里！”我对帕玛母子喊道。

火焰迅速蔓延到了我们身边。

考拉妈妈背着帕玛，慌忙从树上爬下来，开始逃跑。

火焰从身后呼啸而来，直逼考拉妈妈的脚下。

正当考拉母子准备穿越附近的公路时，我听到了“啊”的一声惨叫。

考拉妈妈的腿着火了，烧了起来。

尽管如此，它还是背着帕玛，拼命逃跑。

为了保护帕玛，考拉妈妈拼尽了全力。

下一秒，我的身体被大火团团包围，燃烧了起来。

树干被点燃，火焰随着树干表面脱落的树皮掉落在地上。

然而，火非但没有熄灭，反而越烧越旺，继续燃烧着我的躯干。

我还是第一次被如此巨大的火焰包围。

再这样下去，火会烧到树芯，我会被烧死。

无法逃跑的我，只能在熊熊烈火中为帕玛母子祈求平安。

## 孤苦无依的帕玛

我在通红的火光中做了一个梦。

我梦见人类救下了在大火中东逃西窜的帕玛母子。

严重烧伤的考拉妈妈正气喘吁吁地大口喝着人类递过来的水。

平时，考拉几乎滴水不沾。

考拉妈妈烧伤得太过严重，才会如此喝水的吧？

趴在考拉妈妈背上的帕玛安然无恙，没有受伤。

人类紧紧拥抱着考拉妈妈和帕玛，泪如雨下。

帕玛疑惑地看着妈妈问道：

“人类为什么要哭？”

可不管帕玛怎么问，受了重伤的考拉妈妈都无法回答。

“是人类放火烧了我们的桉树林吗？”帕玛又问。

考拉妈妈似乎想对帕玛说些什么，但它“呼哧”“呼哧”地喘息了片刻，然后深深地吸了一口气，就再也不能动了。

考拉妈妈紧闭着的双眼中流下了一行泪水。

“妈妈！妈妈！”

无论帕玛怎么呼喊，考拉妈妈都无法睁开眼睛再看看帕玛。

考拉妈妈因为伤势过重，再也没有睁开眼睛，她将帕玛独自留在了这个世界上。

幸存下来的帕玛孤零零的。

人类紧紧地抱住帕玛，眼泪再次流了下来。

人类是想跟帕玛道歉，说声“对不起”吧？

帕玛还太小，什么都不懂。

它不知道，人类该向我们道歉的地方太多太多了。

说第一个“对不起”的原因，是人类称霸了整个地球。

说第二个“对不起”的原因，是自诩“最了不起”的人类为一己私欲污染了地球，让地球病魔缠身。

说第三个“对不起”的原因，是人类让土地干旱、树木枯萎，引发了前所未有的森林大火。

说第四个“对不起”的原因，是人类活动造成大片森林的消失、动物的死亡，让帕玛成了孤儿。

而且，如果桉树林不复存在，帕玛就无家可归了。

这是人类第五个应该道歉的地方。

人类究竟还要对这个星球说多少个“对不起”呢？

## 人类的赎罪

不知道距离那场森林大火，已经过去了多久。

人类意识到对地球造成了伤害，想向大海、森林以及生活在那里的动物们道歉。

而且，还保证再也不会重蹈覆辙。

人类想把地球变回那个和南十字星一样闪烁着璀璨光芒的星球。

人类已经意识到，让动物过得幸福就是让人类自己幸福。

人类想要珍视森林里的动物，想要帮助那些受伤的动物重返家园。

帕玛住进了人类建造的“考拉之家”。

它可以在人类种植的桉树上悠闲度日，吃桉树叶也可以随时吃到饱。

它再也不必为搬家而经历重重危险。

因为人类会照顾它的一切。

但是，帕玛并不幸福。

人类提供给帕玛的桉树和桉树叶并不合它心意。

每只考拉都有自己“中意的桉树”和自己“喜欢的桉树叶”。

考拉在搬家时，会从森林里无数棵桉树中寻找自己满意的桉树，并搬去那里安家。

并非只要是桉树，就可以安家。

帕玛好想回到那片和妈妈一起生活过的广袤桉树林。

它好想在那片广袤的大森林里，寻找自己喜欢的桉树。

可是，无论多么渴望，帕玛想回归的那片森林都已不复存在。

那天夜里，帕玛仰望着星光闪烁的夜空，独自流泪。

无论身处何地，只有星星永远会在夜空中闪闪发光。

帕玛向星星祈祷：

“我想告诉人类，对人类来说非常重要的东西，对我们来说也必不可少。适合人类居住的地方，也适合我们栖息。请不要独占它们，请分给我们一半。请保持一颗善良的心，将重要的东西和我们一同分享。”

如果人类能够接受帕玛的请求，那么森林、大海、高山就会焕发出勃勃生机。

这种勃勃生机会传递给人类吧。

也会给人类带来很多喜悦吧。

# 幸存下来的桉树

我好像做了一个很长的梦。

我的梦先是被那场大火染成了炙热的红色，随后又变成了橙色，不久又被柔和温暖的阳光所包围。

不知何时，我的梦消失在夜色中。在星光的笼罩下，我从梦中醒来。

自那以后，不知过了多久，我的身体重新包裹上了美丽的树皮，树枝上也冒出了新芽。

新芽向着闪烁星光的南十字星生长。

南十字星和以前一样，在南方的天空中闪耀着璀璨的光芒。

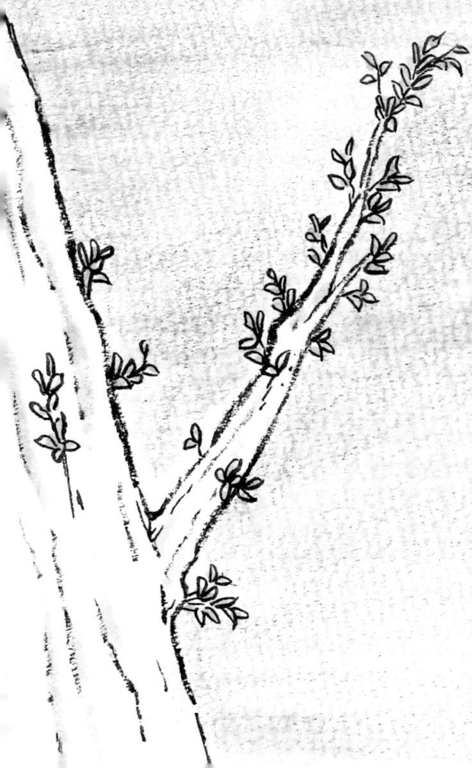

这里只有我幸存了下来。

整个桉树林燃烧殆尽，我的桉树伙伴都被烧死了。

昔日小鸟们的啼叫和动物们的声音也听不见了。

我是这里唯一一棵幸存下来的桉树。

这里曾有一片广袤的桉树林。

这里曾生活着无数只考拉和其他动物。

我们桉树是考拉的家。

我们的桉树叶是考拉的食物。

现在，这片桉树林里已经没有考拉了。

也不见鸟儿在我们的树枝间欢快地歌唱。

只有我自己孤零零地站在烧成灰烬的荒野上。

我回想起在睡梦中听到的帕玛的话。

“我想请求人类，不要独占自己拥有的东西，请和我们分享，和我们友好相处吧。”

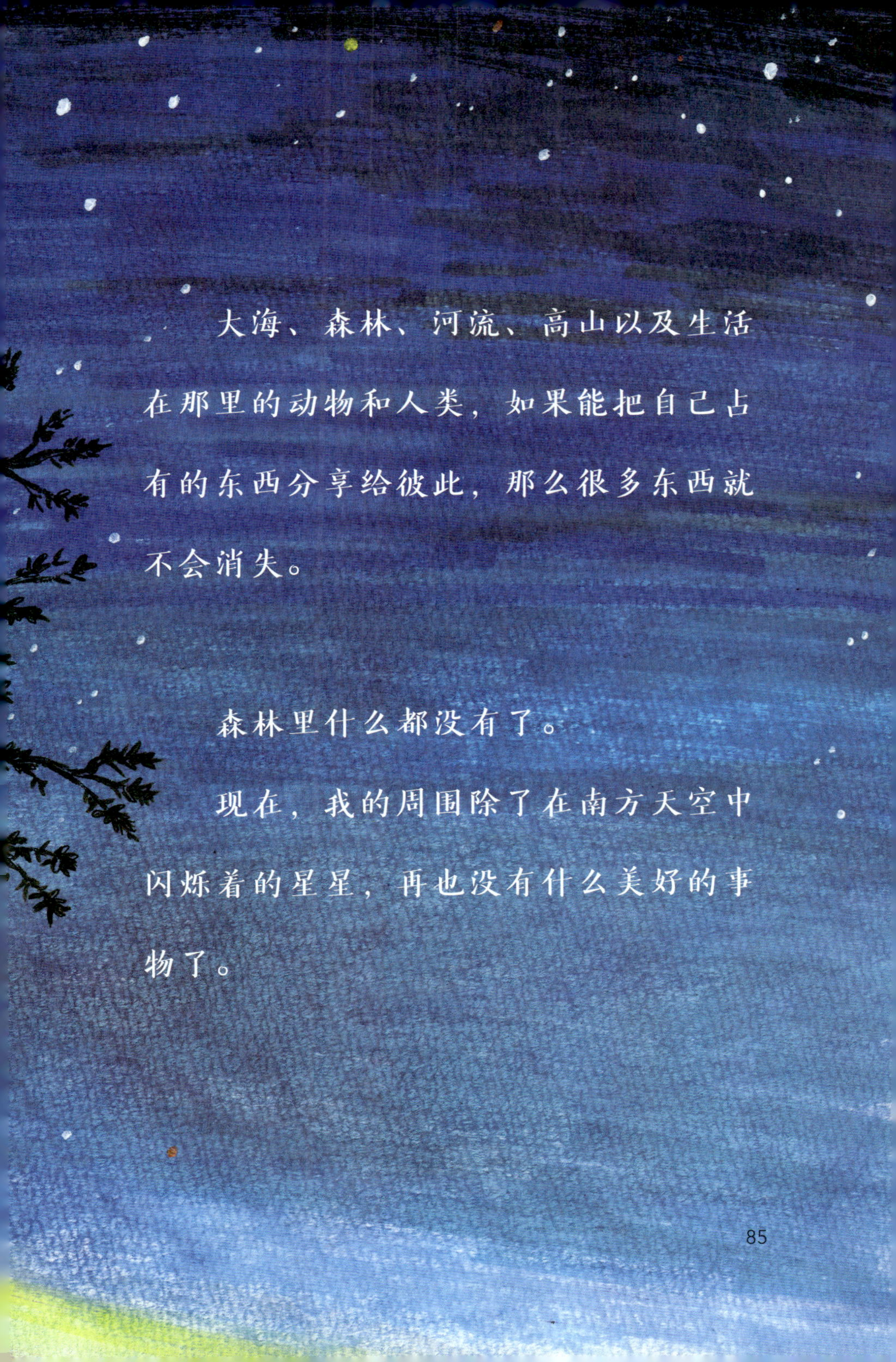

大海、森林、河流、高山以及生活在那里的动物和人类，如果能把自己占有的东西分享给彼此，那么很多东西就不会消失。

森林里什么都没有了。

现在，我的周围除了在南方天空中闪烁着的星星，再也没有什么美好的事物了。

## 你知道吗?

2019 年那场发生在澳大利亚的森林大火，造成了数万只考拉的死亡。

逃出来的考拉也大多因为伤势严重而离开世界。

地球被污染，自然环境被破坏，动物们痛苦万分。

终有一天，人类也会遭受这种痛苦。

伤害别人终究会伤害到自己。

反之，让别人幸福，自己才能够得到幸福。

据记载，19 世纪尚有 800 万只考拉，如今考拉的数量已锐减至数万只。

考拉已被世界自然保护联盟（IUCN）列入《受胁物种红色名录》，级别为“易危”。如果人类再不采取保护行动，几十年后，考拉也许将不复存在。

# 考拉居住的森林发生火灾

一旦起火，火势会迅速蔓延。

地面被大火包围，很多动物都无法逃脱。

受到保护、正在接受
治疗的考拉

绑着绷带的
考拉

燃烧殆尽的森林

# 来自考拉栖息、南十字星闪烁的国度

水野哲男

日本以南约 7 000 千米的地方是地广人稀的澳大利亚。那里，南十字星座星光闪耀，红色的大地上生长着成片的桉树林，还栖息着考拉和袋鼠。

人类和野生动物比邻而居是澳大利亚的特点之一。在我家的院子里，几乎每天都有沙袋鼠和负鼠光顾，我在散步时有时也会看到考拉。这些动物不是宠物，全部是野生动物。澳大利亚人认为野生动物生活在自然界中才最幸福，所以禁止将野生动物当作宠物饲养。在澳大利亚，一直以来人类与野生动物都各安其所，和谐共生。

但令人遗憾的是，这种状态正在发生改变。澳大利亚幅员辽阔，气候温和，引得人们纷纷从世界各地迁居于此。为了居住的便利，人们大量砍伐桉树，修筑公路，开通火车，建造家园。原本居住在那里的考拉和其他野生动物不仅失去了家园（桉树林等），还没有了食物（考拉是以桉树叶为生的）。这之后，很多为觅食而搬家的野生动物在此过程中或横遭车祸、或被家犬咬伤，丢掉了性命。

我们对考拉大量聚集的昆士兰州某区域进行了调查，发现 1999 年那里还有 6 250 只考拉，可到 2008 年考拉的数量就已锐减至 2 280 只，而到 2014 年更是只剩下 1 200 只。长此以往，这一地区的考拉恐将灭绝。

另外，汽车的大量使用和工厂的不断建造，致使二氧化碳排放量增加，地球正在逐渐升温。因此，世界各地出现了前所未有的暴雨、洪灾、干旱等异常天气。

2019 年 9 月至 2020 年 2 月，澳大利亚发生了非常严重的森林大火，烧毁面积相当于日本国土面积的一半。据统计，这场森林大火造成了约 30 亿只野生动物的死亡、受伤及其栖息地的丧失。其中包含了约 60 000 多只考拉，这是当时澳大利亚全部考拉数量的一半。造成如此多动物伤亡的特大森林火灾，与三方面因素有关。

在救助中心生活的考拉

首先，气候异常使澳大利亚持续干旱，在此次森林大火发生之前，澳大利亚已处于极其干燥的状态。因此森林大火发生后，火势迅速蔓延。火势之大，几乎烧毁了整片森林。

其次，澳大利亚森林中的部分植物，如桉树，演化出了“喜火”的习性（桉树油脂含量较高且易燃）。桉树的这个特点非常容易引发火灾。

人祸更是雪上加霜。有消息称，有 267 人被指控与新南威尔士州的森林大火有关，其中一部分人更是涉嫌蓄意纵火。此外，火灾初期没有引起足够重视、救火不力也是导致火势失控的原因。

请各位千万不要忘记，人类的无心之举已经伤害到了很多野生动物，而这些野生动物是人类在地球上的重要伙伴。

# 作者简介

## 今西乃子

儿童文学作家，生于日本大阪府岸和田市。
《小狗避难所》（金星社）获得第 36 届日本儿童文学者协会新人奖。在写作之余，也开展以中小学校为基地的“生命课程”。著有《闪耀的生命！未来宝宝》、《小牛的金次郎》（岩崎书店）、《生命的边界线》、《与昭和之犬约翰的约定》（合同出版）等诸多图书。

日本儿童文学者协会会员
公益财团法人　日本动物爱护协会常任理事
特定非营利活动法人　动物爱护社会化推进协会理事

## 佐藤有香

日本画家。
毕业于东京设计学院平面设计系插画专业。
著有《女孩的涂色练习书》（白杨社）、《12 岁的时装样本书》（文响社），插画作品有《灯之精灵 小吉尼》系列（白杨社）、《目标！动物医生》（讲谈社）等。

**图书在版编目（CIP）数据**

考拉的眼泪 /（日）今西乃子著；（日）水野哲男主编；（日）佐藤有香绘；程俐译 . -- 北京：科学普及出版社，2024.3

ISBN 978-7-110-10667-9

Ⅰ . ①考… Ⅱ . ①今… ②水… ③佐… ④程… Ⅲ . ①儿童故事—日本—现代 Ⅳ . ① I313.85

中国国家版本馆 CIP 数据核字 (2023) 第 239059 号



考拉的眼泪

KAOLA DE YANLEI

**策划编辑：**李世梅　　**责任校对：**邓雪梅
**责任编辑：**孙　莉　　**责任印制：**马宇晨
**助理编辑：**王丝桐　　**装帧设计：**蚂蚁文化

**出版：**科学普及出版社　　**邮编：**100081
**发行：**中国科学技术出版社有限公司发行部　　**发行电话：**010-62173865
**地址：**北京市海淀区中关村南大街 16 号　　**传真：**010-62173081
**网址：**http://www.cspbooks.com.cn

**开本：**880 mm × 1230 mm　1/32
**印张：**3　　**字数：**60 千字
**版次：**2024 年 3 月第 1 版　　**印次：**2024 年 3 月第 1 次印刷
**印刷：**北京瑞禾彩色印刷有限公司

**书号：**ISBN 978-7-110-10667-9 / I · 700　　**定价：**49.00元